願諸衆生三業清浄奉持
佛教和南一切賢聖
願共諸衆生回願往生無量壽國

わなん

佐山哲郎句集

【和南】

西田書店

わなん　佐山哲郎句集【和南】

目　次

目次

わなん

春

石ひとつ載せ節分のおまじなひ

豆撒の豆が喰ひ入る自動ドア

恵方巻十四五本もありぬべし

東京のこんこんちきな春の雪

二ン月の閑居粘菌生活者

旧正や光陰棒に振るごとし

アセチレン・ランプ氏と酌む治虫の忌

明らかに誤訳の字幕春浅し

涅槃で待つ赤い鼻緒のじょじょ履いて

大釘に掛けるものなく涅槃西風

粉もんがふくらんでくるモスラの忌

盆梅の棚にぐしやりと鍵の束

阿弥陀経おぼろマカロニほうれん荘

梅ちらり昼酒はらり天主堂

浅春の記憶母校の焼却炉

卒業の午后バス停の丸い影

啓蟄の電網走る白鼻心

いかのぼりきのふの法螺《ほら》のありどころ

撮了の声レフ板に鰊空

人形のあぎとに余寒腹話術

脳内の蝌蚪の動画を添付する

駅からは列なす喪服梅の午后

亀五匹鳴かず動かず梅日和

神域の金網ごしに梅探す

風船の来ては戦争だよと告ぐ

主よ我ら春きざすゆゑまどろめり

鳥雲に入る日口笛明るい日

春一番唖へ煙草の遺影かな

立つて喰ふ蕎麦の速さや春一番

先つちよの太つちよの指雛飾る

雛の夜を抜けて阿頼耶識《あらやしき》の旅団

戸袋へ雨戸が滑るやうに春

重なりて眠る仔猫の籠温し

夕東風やノの字に滑り込む酒場

一長も一短も蛇穴を出づ

雛の夜のメニューの端に目玉丼

ああかくも妻のごとくに春炬燵

再度亀鳴いて麻酔の醒めにけり

水温む尿瓶に口無しの表示

異聞あり絵踏の寺の秘仏堂

Let it be の老人四人春炬燵

残照に溶けゆく右舷かざぐるま

水を得てホースむくむく四月馬鹿

なぜ此処に光の楕円仏生会

日の永き部室の壁に白衣かな

古書店の遅日わたしと富嶽図と

春夕焼小焼松鶴家《しょかくや》千《ち》とせ逝く

鉄塔の股間を抜いてつばくらめ

逢ひ見ての胸部のところどころ野火

貝寄風《かいよせ》や鈍き音する土の鈴

酒わつとこぼれるごとく春来たり
もしやから愛をこめてん春やねん
対岸はクレーンばかり抱卵期

土手に今朝重機が動く春動く

虻の昼蕎麦屋の酒はよく回る

宅配の籠の園児や百千鳥

天保の悪党が好き干鱈好き

八面と六臂に別れ山笑ふ

ぬーぼーと来て番台に巣籠す

朦朧体《もうろうたい》花の雨夜の品定め

蕨《わらび》来て告げ口薇《ぜんまい》の自白

永き日のドアが閉まらぬ観覧車

かたまりてなにやら謀反めく菫

獺祭の路上に乾く多聞天

玄関へ来て一対の田螺鳴く

一丸となりて白子《しらす》や桶の闇

人形が佩《は》く太刀ノの字春の燭

短筒の中年しのび寄れり春

海胆《うに》啜る虚無への供物をもう一度

春陰に老婆三人喫煙す

料峭《れうせう》やまだ半濡れの二大陸

春昼にしるしを打つがごとく雨

あつかんべして湖は春である

曲学と阿世並んで春の酒舗

今朝からは蝿と名乗らむ蛆素性

ゴム長の片方が寝てをる干潟

池之端左ト全似の柳

金比羅船船で春なり修羅修修修

散る前の花錯乱にほかならず

永劫のまほろばに置く花の昼

発酵のやうな陽炎補習室

暗渠から管にて出でて花の河

犬と来て午后の花守交代す

燗薄くつけて菜花の辛子和

海のない県は八県飛花落花

爛漫の本日ありつたけの花

右折から不意に花洛となりにけり

仔犬ゆく鼻に花屑付けしまま

いつそこときれてゐたいぜ花吹雪

号泣のあとの静寂桜餅

野墓のみ残して更地蝶の昼

花曇不条理劇の椅子ひとつ

ぼた餅を抱いて墓苑を迂路迂路す

遠縁にあたると告げて燕去る

来週は度が過ぎるほど山笑ふ

不意にオーチンチンの歌ひこばえる

島ひとつすべて神域鳥曇

海苔茶漬さらりなにやら腑に落ちる

ゲシュタルト崩壊春機発動体

大ぶりの方の浅蜊は酒で蒸す

屋上のときどき誰か来る巣箱

祠には石の金精《こんせい》野に根雪

たつぷりと蕎麦湯のありて日永かな

傷刻むごとく干潟に鳥の遺書

薔薇の芽へ腹腔鏡といふ手術

キャンベルの林立といふ春埃

バス通り裏うかれ町うかれ猫

雨の夜の恋猫として岸恵子

加減よき西日暮里の塩桜

おほびると自我をごしごし卸し金

春眠やいつそ捨て身といふ言葉

種浸す目隠し鬼の父として

春昼の銭湯に鳴る大時計

花冷えや上り框《かまち》の大時計

たましひはぶよん円柱春の昼

湯気吹いて蛤ぱかと口あける

春そつち側から見れば不道徳

落椿ひとにはひとつ深き井戸

ああこはれちやうよとしやぼん玉の声

砂丘からあやつる千のいかのぼり

居並んで杭の数だけはらみ鳥

口ずさむ地蔵和讃や半仙戯

かざぐるま回る霊媒養成所

遅き日の雲呑《ワンタン》きつと春の季語

これをもちましてめでたく春動く

蓋をはみ出す海老天の遅日かな

母ですと告げて去る人春の通夜

つむじから煙のごとく蠅生まる

座布団の四隅に生えるかもじぐさ

微動だにせぬ怪鳥の日永かな

玉の井派暮春師系は滝田ゆう

春の音いろはに金平糖の壜

飯蛸と決めて湯島の切通し

順に消えて春ゆふぐれの鬼ごつこ

蛤の吐き出すコンビナート・朝

みな同じ顔して印鑑屋の仔猫

雛敵を待つ酒と盤昭和の日

帽子屋の呼び鈴早野凡平忌

夏

え？・同じ？・まじ？・唐《から》の忌と修司の忌

犬二匹丸洗ひして立夏かな

雲梯を渡る速さや夏来たる

亡命の子らに五月の植木算

菖蒲湯を終へた菖蒲となりにけり

お位牌の三基にひとつ柏餅

五月闇検体検査用の箱

つちのこは国つ神の子草いきれ

四迷の忌豆苗わつと増えにけり

母の日や羽蟻うるさき墓ひとつ

母の日の効きめ怪しい塗薬

般若波羅密多な湿度梅雨深し

空腹の風鈴満腹の風鈴

椎落葉バス停の名は塞の神

窓に青嵐練馬の鑑別所

船尾には浮力のごとく白日傘

蝙蝠と婆さま干されて谷の茶屋

その男顔面梅雨の水たまり

乙女子のはつなつ秀でたるおでこ

青蚊帳の今朝は流木状の父

紫陽花のあたまあたまを撫で撫でです

畳間に蛇の抜け殻あめもよひ

そのをんな雲竜型で夏に入る

古都愛すとりわけ初夏の百済仏

処女として時の記念日などを待つ

更衣するべきなんじゃもんじゃ焼

どこまでが万緑どこからが離婚

城跡に蛇の匂ひや雨上がり

副鼻孔抜けて紫陽花色の風

わたくしが午后現在のかたつむり

けんけんぱの輪のみ残して梅雨の路地

突先に流刑の石碑夕焼雲

前略の頓首でぼくら大夕立

放課後の無精卵らの昼寝かな

なにひとつ動かぬ無音夏至正午

日覆ひの隘路朝顔市初日

宮司らのキャッチボールや桐の花

氷屋のバイク斜めに関帝廟

昼餉のち起て万緑の労働者

いま死んだけしきが見えて昼寝かな

緑濃き同伴喫茶のソーダ水

塗布待ちのさては陰金玉簾

友と呑むほかは客なき樺《かんば》の忌

ほかならぬ蟹の背中に蟹が乗る

よく見れば父に似た霊籐寝椅子

黒南風の駅で黒ネクタイを買ふ

船虫をぞぞぞ生み出す捨てバイク

文月へ染みて青水無月の青

追込の座敷に吊られ蠅叩

あめんぼの口があんぐりあんぶれら

二人して引つ込み思案合歓の花

数体は国防色の浮いてこい

噴水の右へ拡散するひかり

卯波濃し父は位の低い霊

略儀なり葉つぱを移る雨蛙

我が身鳴るごとし芒種のらんどせる

みつしりと梅雨なり女性専用車

あぢさゐは人の序列のやうに咲く

青葉あけつぴろげのしじま美術館

青葉とか石垣とかをほめごろす

かねてより懇意の蝮蒸しにけり

われもまた阿弥の系譜やみづすまし

とことんとことん紙の力士や柿若葉

友として端居に青き両生類

廃園の潜り戸に卯の花腐し

ひくひくと凹む心臓半夏生

どすこいは姉の口ぐせ著莪の花

耳に棲む意味を教へよ蝸牛

足場組む六人夏の匂ひして

冷房の枠はみ出して生花店

梅雨鯰日に四五回は怒られる

あきつしまやまとまほろばげりらあめ

上州のこれはぶつといはたた神

裏に梔子《くちなし》と血溜り碁盤店

戦後史に暗部蚊を焚く男かな

籐椅子の背からむずむず毛が生える

空港をひと撫でしたる驟雨かな

噴水をやつてと言はれ湯に沈む

窓際に画鋲で留めてアロハシャツ

螢たりみほとりほてるらぶほてる

堂内を突つ切つて消ゆ夏燕

なに悲しうて祟り神遠泳す

身のうちの泥に未生の金魚棲む

一瞬の夏一閃の平手打ち

金魚売かつて実業団投手

抜くラムネむかし港に沖仲仕

甚平に着替へテキ屋の貌となる

路地に椅子はみ出す酒場夜の秋

スナックを出づれば朝焼の港

蟬の声きみ沁み給ふことなかれ

冷房の強と直交して瞑る

蛾のやうにさもありなみんおろなみん

仏前に真夏の夜のでかめろん

梅雨の路地かつて此処にも映画館

敗北に北の字ありて帰省かな

朝顔の補充積まれて市の裏

レディバグ《天道虫》今朝は入谷へお邪魔虫

こころざし低く首ふる扇風機

透明になりかけてプールをあがる

鶏一羽潰したあとの大夕焼

禅寺の一糸纏はぬ冷奴

ビール抜く魚のかたちの南部鐵

小満の路地に旧知の大鴉

知りすぎたサドルが並ぶ夏館

つぎはぎの禍福かたかた走馬燈

歩道橋女装の友の白日傘

孑《ぼう》と浮き孑《ふら》と沈んで夕まぐれ

放つとき名づけて悟空濁り鮒

それぞれの夜叉を煽いで団扇かな

唖蝉や友の墓前に友並ぶ

熱源の十四五体や夏座敷

碧眼の虚無僧ひとり海の家

完熟トマト小惑星の孤独かな

そこへ来て喜雨てなもんや三度笠

武者震ひして炎昼へ一歩出る

め、め、目医者ばかりの町はづれ炎暑

クーラーに名づけて恭々しき娼婦

碁石散りしまま森閑夏座敷

よく日焼けして連投の長女次女

王族に生まれて死んで大蚯蚓

面従も腹背も拭く蒸しタオル

焼く前の餃子が無数海の家

夢を見るための聴力夏の浜

夏の塵きらきらジャニス・ジョップリン

列のまんなかを下船の白日傘

文学部なき合併や蟬時雨

牽引の事故車消えゆき旱星《ひでりぼし》

露台から犬来てズボン嗅いで去る

鯖味噌煮太し晩夏の定食屋

金網に縛る白シャツ変電所

後ろメタファーな感じの竹婦人

かぶるたび塩味の増して夏帽子

猫ばかり増えて晩夏の埠頭かな

当て馬と種馬遊ぶ青野かな

ふたりして事後の蜜豆三丁目

あまた鍵穴のみ残し避暑地かな

銀舎利に塩烏賊ワンバンさせて口

背に薄暑光あり喫茶「邪宗門」

その男やや尾籠なり日の盛り

東スポと赤ペン塩で冷奴

お、ブレネリありをり侍りいまそかり
遠泳の聴力薄くなる時間
やよ幽霊おまへはすでに心電図

郭公が鳴く輪唱の最後尾

地の塩について語りつつステテコ干す

陶枕の出エジプト記あたりかな

銀色の遥かな西日来々軒

山路来てこれは美形のやぶいちご

むかし「李！」の掛声花園神社・朱夏

ぼくたちの晩夏に似合ふ総武線
ジオラマの八百八町大西日
そこで笠智衆みたいな端居かな

墨堤になにやら物々しき夜焚

なにもないぼくの晩夏といふ尿意

いにしへの奈良漬ここのへの晩夏

耳熱く三伏とろり出でにけり

小上りに吾《われ》と枝豆壁に護符

網戸凹む生まのほとけのかたちかな

秋

ほの暗き文具屋にゐて今朝の秋

犬の目に犬の目薬今朝の秋

豆柴のＦ氏とすなる門火かな

駅前に数十人で苧《を》殻《がら》焚く

送り火の路地に流れてハーモニカ

背泳や立秋の臍処暑の臍

処暑の犬猫人ともに内弁慶

列乱しゆく流灯のあれは祖母

いまラヂオ体操第二敗戦日

西瓜切る反社だつたといふ男

美しき超ひも理論生身魂

黙禱の正午や無人販売所

雨樋に一反木綿野分あと

盆提灯座敷に青き深海魚

盆東風《ぼんごち》や長湯の霊がまだ居るよ

露置いて還るそちらの世の家族

仲見世に稲光して人力車

織田作の路地のどん突き天の川

煎餅の割れかた星の流れかた

竿飛んで二百十日の衣類なり

一過して蝉丸能因法師鳴く

出航の檸檬や睡眠導入剤

配属は銀河八十七分署

蟷螂の静かな屍体旅鞄

接吻に濃淡ありて鵙《もず》の贄《にえ》

ナポリタン色の空なり秋はじまる

幽冥のどっち岸だよ曼珠沙華

良き墨を求め平城京良夜

銭湯に蹲踞《つくばひ》残る蚊も残る

列なしてターレ狹霧の魚市場

窮屈に外車停めをり藪からし

レファラシは吸つて音出す窓の秋

夢に沖ありて九月を統べる鷹

名も知らぬ飛蝗の木乃伊さま神社

秋落暉《あきらくき》悠哉「唐宋元明清」

Ｂ２階押せば全都の蚯蚓鳴く

風鐸やちろりん村とくるみの木

土手に立つアイスのバーに「鯊の墓」

燈火親し一瞥以来日葡辞書

秋暑し跛行の犬と橋渡る

虫の音に五爵「公候伯子男」

校庭に続く村社や櫟の実

連結器に異物置かれて秋の昼

馬鈴薯の跳ねて宇宙の涯にをり

喉に取る余白鯖雲鰯雲

秋深しイブリのガッコは煙のなか

巡査とかあとは色なき風の役

平家落人の湯濃霧注意報

秋の雲魚影のごとき道路地図

星、色の。さかな。くはへて霧の、猫。

振って、いま。野菊の。墓。へ。葬らん。
触るな、の。早良親王。秋、旱。
月。田毎。やや。あたかも。と。いふ、副詞あ、秋。海。雨。ワイパーの、変な音。
あんた、皺。それ干柿。の、やうな、それ。
できちやつた婚。の。夜長。の。已然形。

啄木鳥、の。自傷行為。を。疑はず。

秋。遺影。イエイ。を。叫ぶ。だれですか。

遺影用。写真。撮りつこ。する。花野。

また同じ場所に出ちまふ仙厓忌

ポスターは腰巻お仙にごり酒

蜉蝣に薄羽を付けて我が名とす

神隠し譚の集落雁の列

薄には妄言野菊には隠語

僧坊の立ち並ぶ崖夜々の月

薄野に魚追ふごとく沈みけり

ほしがきといふもどかしきあぢかたち

軒に蓑虫奥の間に伎楽面

うめもどきつるうめもどき興亡史

秋暑し喪服を畳む幕の裏

このこつまなんきんサブマリン投法

静脈を褒められてゐる良夜かな

平和自摸《ピンフツモ》三色同順小鳥来る

葉洩れ日は四神のかたち崩れ梁

みながみなみなしでいへばみなしぐり

振り向けばわが全開の薄原

花野から祖父が始発でやつて来る

人類と麺類集ふ良夜かな

地に足のつく高さかな草紅葉

Mの字に開いて白きカシオペア

午未申酉戌亥やぶじらみ

メンソレータムの兄弟秋の湖

古民家の真つ黒な梁きのこ汁

小鳥来て来世を説けり窓の昼

三界を縫ふごとく舞ふ風の盆

台風の目から鱗のやうなやつ

他の霊と思へぬ秋のがんもどき

しうれいのこう寅さんの手紙の字

湾頭に日野の二トンや秋落暉

下校時のユーモレスクや一位の実

川霧の途切れに錆びて照準儀

ぎんなんの一家を埋めて合掌す

夜長こそわが恥かしき住処なれ

組系の港湾スナック秋湿

なにもかも承知の愚形芥子坊主

雀蛤となる夜の喫煙所

指先も絵の具も溶けて秋夕焼

質量に露びつしりと地球かな

花野にて嘘八百に二個追加

雨冷の端の点滅管制塔

朝露の小屋ぱるめざんぱるちざん

閂の一を外せり月の門

玲瓏の本日これつきりの月

言問を越え業平へ月の客

雨後の根に群れて茸の白帽子

流れ解散の団栗風の朝

心眼に焼いて秋刀魚を注文す

化粧して茸となりて出勤す

丸窓の月光四谷シモン展

守衛遂に人狼となる月今宵

紺青を噛めば小茄子はきゅっと鳴く

実はまだ二階に名残茄子一家

月のでこぼこ煎餅のうらおもて

またひとつ野菊の暗示円覚寺

飛んで来るたましひ瓜坊のかたち

見る限り月下鶯谷鉄路

邯鄲と呼ばれて暗くなりにけり

霧雨のそこまで届かない梯子

長き夜の陸地に指が辿りつく

生意気な方の横顔種瓢

不覚にも仏陀と思ふ秋日影

姉妹とも鍋屋《よこちょ》育ちで秋の猫

小生と名乗りて戻り鰹かな

古武士然たる無口なりきぬかつぎ

紅《あか》テント系のスナックとろろ汁

武道館ごとどつかんと秋日和

元帥のやうな顔して秋鰹

廃屋を満タンにして藪虱

奴の忌の月夜をひとりあばずれむ

霧深き古都へヒム・トゥ・フリーダム

ハレの秋晴れてハレルヤハレーション

執刀のごとく熟柿に匙入れる

黄落や楽士四人のための椅子

四季に秋あるゆゑ秋の酒を酌む

お向かひは夫婦で地雷十三夜

バケツの貝類どつと月に吠える

音厚く濃霧へ開く大伽藍

仏壇にどつすん栗羊羹母艦

長き夜の畳に置かれ裁鋏

橋の鉄分にめり込む熟柿かな

岡持の並び三つ四つ稲光

千秋のひとりぼつちといふ惰性

木の実降る不意に三倍速で降る

竹箒から蟷螂の枯れ落ちる

母の手に蜻蛉ふるへをり鉄路

此処に砒素此処に練炭冬仕度

龍淵に潜むバスタブから手首

冬

江戸城の巨大な無音今朝の冬

ダムの淵朽葉落葉の貸しボート

フィレンツェの画徒のマントや石畳

半分はへべれけ三の酉句会

ちんぢやらのもげた去年の熊手焼く

合羽橋小春柳刃出刃並ぶ

ワンカップ燗して酉の日の屋台

香具師《やし》姉妹妙に別嬪酉の市

小六月リュック開口部の酒瓶

頬被り取れば始祖鳥似の男

前足を手と呼んで人類の冬

男鹿の海今宵ひっきりなしの雪

這ひ歩きときどき飛んで神の帰途

神々の帰国送電線その他

理髪店出でて小春日九段坂

寒波来る怒つた猫のやうに来る

雪合戦かつて列強老人隊

アボットもコステロもゐて冬木立

運びこむ前の書割冬日向

たましひに出口入口吸入器

東で買ふ軍手軍足空つ風

コートからぽろぽろたまごボーロ落つ

高速の茶壺茶々壺冬日向

夕凍の河馬のうしろに河馬の列

写生とはニヒリズムなり冬木立

出棺の車列三台片時雨

くたくたに寝ても根深の太さかな

銀将に雪降るごとし投了図

冬日差羽化の途中の化石美《は》し

ハ短調ヴィオラソナタの通夜の雪

湯豆腐の左岸に集ふ葱太し

掌底へ包丁鍋に足す豆腐

貧乏も持病のひとつ石蕗の花

みな葱の突き出たカート押し歩く

つぎつぎに大縄跳びへ捨て身せり

ここから暗渠雪虫低く飛ぶ

落日の牡蠣船に置く赤ん坊

着ぶくれて以心伝心ごつこかな

母娘しておお茶つぴーなり花八つ手

凩やドアは手動の両毛線

悪党のごとき顔して火事明り

名優のごとく瞑れり竈猫

油揚の背広怪人唐十郎

朽ち舟をどかと焚火に抛りこむ

鳥居立つほか何もなし山眠る

顔ひとつ増えて夜焚火らしくなる

山眠る音のひとつにがらんどう

昼火事の匂ひを残すからだかな

三号も四号も来て雪の通夜

水つ洟なにを言つてもダ行の子

一族は全ておでんとなりにけり

熱燗の二合徳利に李白の詩

閉店のあとの湯豆腐ひとり酒

いま雪の生まれる前の匂ひかな

名の長い記紀の神々雪月夜

そのなかにオリオンを指す一枝あり

なんか無自覚っぽい最後の一葉

侘助や片側低き路地の店

寒禽が並ぶアルペジオの如く

内耳から少し鯨となりて浮く

雑炊がとびきり旨い鍋の夢

凍凪や能登和辛子は酒で溶く

縛られて真冬の蟹となりにけり

浜昏れてひとのかたちの焚火跡

初七日もお七夜も風邪なので欠

雑炊のもういいかいとまあだだよ

雪達磨にバケツをのせて合掌す

店に出る顔に自信のあるおでん

怒りやうなきはんぺんの姿かな

ちくわぶの陸地に横たはる太さ

こぶがんも巾着皿に揚陸す

陽だまりや図体重き福引機

マフラーをぐるぐる酒臭きぼくら

東京の雪しくしくと多弁なり

スリッパを挟んだままの白障子

光の子ちりぢりに来て白障子

多少傷ありのサックスくりすます

風花の肩へ斜めに降ることば

なふたりんなんかがたりんたりん冬座敷

真つ暗な二階におはす大火鉢

大バケツほどの溜息くりすます

時計屋が二軒並んで雪の町

風呂までの谷に鳴る下駄冬銀河

右の目に大火左の目にペニス

一枚の煎餅として冬の顔

放水や大火を前に家二軒

知るよしもなし寒禽のこころざし

五指すべて出る手袋や小晦日

むささびに飛膜冬日の剥製屋

時雨町懐手坂着膨れ屋

春を待つぼくぽんこつの耕運機

立ち喰ひのどんぶり暮れてゆく今年

ホーレツラッパノツーレツで来て晦日《みそか》

キャンディが三粒もうすぐ春ですね

諸葛亮孔明に似て冬木立

巨大なるちくわぶの夢昼の夢

硬貨置く今川焼の小窓かな

あるほどの葱投げ入れよ鍋の中

しんしんとハリマオ忌まで海の旅

まなこ無き魚深海の大晦日

新年

修正会《しゆじやうゑ》畢《を》はんぬ丑三刻の足袋

躱《かわ》す去年《こぞ》今年《ことし》胴体着陸で

去年今年縢《かが》る縫針状のもの

去年今年貫く二夜寝たカレー

ちまちまな仏飯の影初あかり

堂縁を濡らすがごとく初明り

寝る父を踏んで蹈鞴《たたら》や屠蘇の席

初あかり門に戊辰の弾の痕

グロンサン内服液を屠蘇とする

屠蘇祝ふ真ん真ん中に居候

爆睡す箱根駅伝往路の日

起き出せば時宗遊行寺坂あたり

手に欅区間新まであと六歩

迂回して函嶺洞門状胃痛

あけおめのことよろと来て去りにけり

連戦の一升瓶や四方の春

嫁が君ここか北村大膳くん

弾き初めは選びに選び五万節

かあさんが消えた明るいお正月

猿として初湯に説けり脱亜論

変顔の写メでいっぱいおらが春

シューマンの扮装で来て年始客

裸婦として椅子に御慶のポーズとる

しあさってやのあさっての雑煮椀

初夢は万葉仮名の字幕付き

ボルヘスの幻獣図鑑絵双六

血は立つたまま眠りをり初写真

初夢に四人の菩薩来て酌めり

すめらべのすつたもんだのひめはじめ

千両のこぼれて上り框かな

兼題にハナモゲラてふ初句会

正月と掛けて時効と溶き汁粉

誰も出て来ない玄関福寿草

伊勢海老の大中小のブレイキン

地下街に無人の重機松納

七日粥あーぶく立つた煮えたつた

捜し初《ぞ》め終活俳句探偵団

七日ですお探し物は何ですか

わなん目次五首＋本文五六六句　撥遣浄焚

西念寺で遊ぶ人たち

金井真紀

何回聞いても笑っちゃうのは、句会をしていて隣の部屋の人に叱られたはなしだ。たびたび聞かされているうちに、いまでは自分もその場にいたような気になっている。西念寺の俳句仲間で向島百花園に行き、お座敷を借りて句会をしたときのこと。いつものように入室するなりワーワー騒ぎ、各人おもしろい句を量産し、選句でゲラゲラ、披講でドッカンドッカン、大笑いしていたらしい。そしたら襖がサッと開いて隣の部屋の人が怖い顔で言った。

「静かにしてください。こっちは句会をしているんですッ」

みんなこのエピソードが大好きで、折にふれて思い出して語る。

「こっちも句会をしているんです、とはとても言えなかったよなぁ」

「オレたちみたいにうるさい句会はないからな」

「そうよ、世間の句会はもっと静かなのよ」

「ふーん、そうなんですか」

世間の句会を知らないわたしが相槌をうつと、烏鷺坊さん（佐山哲郎さん）がうれしそうに言うのだった。

「真紀、気をつけろ。ここの句会がふつうだと思ってよそに行ったら恥かくぞ」

西念寺で開催される「塵風」句会は、かつては毎月第3日曜日の午後だった。持ち寄り3句、兼題なし。コピー機は使わず、清記用紙をまわして手で書き写す。斉田仁さんが全句を講評する。

仁さんは、とぼけた口ぶりでどんな俳句もちゃんと拾い上げてくれる。本人に確認したことはないけど、たぶん仁さんはつねに「これまで誰もつくったことがない俳句をつくってやろう」と企んでいるんだと思う。その基準さえクリアすれば、ものすごく格調の高い句から一同がひっくり返るふざけた句まで、なんだってつくる。宗匠がそういう人だから、この句会はとても自由だ。

それとは別に、第1土曜日には「月天」の吟行があった。メンバーの顔ぶれは塵風句会とほぼ同じ。どこかの駅の改札口に集合して、その周辺を数時間歩き回って、公民館や集会所で句会をする。歩幅もペースも気ままますぎる吟行で、頭領の烏鷺坊さんが「おーい、みんな揃ってるかー」と見回すと、必ず誰かいなくなっている。途中であんみつ屋に吸い込まれる人もあり、池のほとりでビールを飲み出す人もあり、てんでばらばら。

出句時間が近づいて会場に全員が揃うと、烏鷺坊さんは鞄から短冊を取り出して配り、「じゃあ、ひとり5句出し」と告げる。しかし誰もその数を守らないのである。こっそりサボって4句しか出さないわたしのようなヘボもいれば、何食わぬ顔で7句も8句も出す人もいる。なかには、ふたつの俳号を使って10句以上出すツワモノも。選句のときも「ひとり7句選」とか「今日は10句選」とか言われるけど、みんなちゃんと数えてないっぽい。すべてがざっくりしている。窮屈さが皆無だ。
コロナ禍のおやすみ期間を経て、いまは「塵風」と「月天」ふたつの句会が統合されて第1土曜日に西念寺に集まっている。大きな夏みかんの木に見守られながら、お寺の句会はいつだってみんな機嫌がいい。

西念寺の句会には、夏と冬に名物がある。
8月19日、つまり「俳句の日」におこなわれるのが「短冊供養」なる謎の宗教イベントだ。烏鷺坊さんによる解説は以下のとおり。

短冊供養（三界迷句未生鬼句供養）とは、句会等において、短冊に書いたものの、その後発表することなく忘れてしまった句、一度脳裏を掠め、瞬間いい句ができたと思いながら、その後どうしても思い出せない句、手帖の隅に書き置きながらも、ついに捨てざるを得なかった句、このような三界迷句〔過去現在未来を彷徨《さまよ》う句〕、未生鬼句〔生まれずして葬られた句〕の抜苦与楽《ばっくよらく》〔苦を抜き去り安楽を与え〕、超生浄土《ちょうしょうじょうど》（超えて浄土に生ぜしむ）ための法要である。

烏鷺坊さんは「短冊供養は当寺に江戸時代から伝わる風習」とかなんとか言っていたけど、真相はわからない。

儀式は夕刻に始まる。本堂の阿弥陀如来像の前に短冊が積み上げられ、袈裟を身にまとった烏鷺坊さんがまじめくさってお経をあげる。いつも騒々しい俳人たちも、このときばかりは神妙な顔つきで整列し、順番にお焼香をする。わたしもいそいそと前に進み出て、瞑目合掌。「駄句が成仏しますように。輪廻転生して名句となって来世でまた会えますように」。チラッと目をあげると、木魚を叩く烏鷺坊さんの背中が見える。その向こうで、阿弥陀さまが笑っている。

読経が終わるとぞろぞろと外へ。駐車場に一斗缶を置き、そこで短冊をお焚き上げするのだ。このとき短冊を燃やす炎で高級国産線香花火をするのが恒例になっている。日が暮れて、互いの顔はぼんやりとしか見えない。配られた花火を手にしゃがむ。線香花火のいのちは儚い。ときどき驚くほど長くがんばる花火もあるけど、それでも最後は闇に戻る。楽しくて、さびしくて、毎年ちょっとしんみりする。

お焚き上げと花火が終わったら本堂にもどって酒盛りだ。年によってはゲスト審査員がきて、短冊大賞が発表されることもある。わたしも一回だけ短冊大賞をいただいた。どんな句で受賞したのだったたか。忘れちゃうくらいだから、それもまた駄句として翌年燃やされたのだろう。


冬の名物は、12月の年忘れ俳句合戦だ。4チームに分かれて俳句の団体戦をする。書道の達人が腕をまくり、1句ずつ大きな紙に筆で書いてくれる。それを「いっせいのせ！」で張り出し、挙手で点を競う。俳句甲子園みたいだけどディベートはなく、即座に直感で選ばなければいけない。だから地味な句は不利で、パッと見でウケる句が勝つ傾向にある。ピュアな高校生とは違い、老獪なおとなたちはいやらしくウケを狙ってくる。「いっせいのせ！」のたびに大騒ぎ。あー、笑いすぎてお腹が痛いよ。

俳句合戦の日は、あの世の俳句ともだちを思い出す日でもある。

もともとみんなの仲間だった山本勝之さんの命日・無臍忌《むさいき》が12月なので、法要をしてから俳句合戦に流れる習わしだった。その後の15年余でひとり、またひとりとあちらへ旅立ち、この日にまとめて悼むことになった。いまでは何人になっただろうか。お寺で遊んでいると、どの人があの世にいて、どの人がまだこっちに残っているのか、境界が曖昧になる。

ずいぶん前に中嶋いづるさんが亡くなったとき、俳句ともだちで寄せ書きをした。寄せ書きの帳面がまわってきて、なにを書こうか迷って、前のほうのページをめくってみた。長谷川裕さんが、あのおおらかで優しい字で、

「楽しかったよ。また遊ぼうね」

と書いていて、それが強く印象に残っている。

存分に遊んで、別れ際には「楽しかったよ。また遊ぼうね」と言う。生きるってそういうことだよな、としみじみ思う。

「真紀、気をつけろ。ここの句会がふつうだと思ってよそに行ったら恥かくぞ」

と烏鷺坊さんは言った。
だけどたぶん、わたしの人生でよその句会、まじめな句会に行くことはないと思う。
西念寺で遊び尽くすつもりだ。

金井真紀（かない・まき）
１９７４年、千葉県生まれ。文筆家・イラストレーター。著書に『酒場學校の日々』（ちくま文庫）、『パリのすてきなおじさん』（柏書房）、『日本に住んでる世界のひと』（大和書房）、『おばあちゃんは猫でテーブルを拭きながら言った　世界ことわざ紀行』（岩波書店）、など。２００９年1月より塵風句会に参加。

西念寺
開山は寛永
七(一六三〇)年。
句会参加者
は天候にも
よるが、だいた
い二十人凸凹。
裕さん
仁さん
鳥鷺坊さん

あとがき

第三句集『娑婆娑婆』から十三年。いろいろなことがあった。大事な先輩、友人、後輩までもが次々と往詣楽邦、すなわちお浄土へと旅立った。

当人の私は、というと、重度の心筋梗塞で救急搬送され九死に一生を得たものの、そのリハビリ中に癌が発見され、既に肺と肝臓に転移があるという。

ふうん、人生最末尾、一気にいろいろ来るもんだなあ。というわけで殊勝にも終活を考えてみることにした。が、何から手をつければいいか見当がつかない。とりあえず横道へ逸れて、作りっぱなしで取っ散らかったまんまの俳句でも整理するか、という、いつもの仕儀にあいなった。

そこらじゅうバラバラに放置された俳句の捜索は結構困難で、つまり終活俳句探偵団というわけなのである。出ようと思えば、ではあるが、月に三度ほどの句会があり、そのたびに三句、五句、十句と作ってはみる。みるが多くは作り捨てとなり、どこかへ消えてしまう。とにかく句作は二義的なこと、句会が終ってからの呑み会が一番の楽しみなのである。

我々のは、おそらく多くの句会後の呑み会と違って、互いの俳句の出来の善し悪し話も、誰がどうしたこうしたとかいう俳人の噂も、どこにある壇だかしらないが俳壇とかの話も一切出ない。何かのライブ後の（それも一切反省なしの）ただの鯨飲馬食、ひたすらの打ち上げ状態となる。それが面白くて仕方なかったのだが、病気のせいであまり長く参加できなくなり、こればっかりがちと辛い。

物書き、デザイナー、漫画家、イラストレーター、編集者、書家、画家、ミュージシャン、秘湯ナビゲーター。発足当初からオモシロ話には事欠かないメンバー揃いなのである。だから「句集出す解説頼む」の電文いっちょで、誰でも「あいよ」と、サラサラ書いてくれるであろう、ではあるが、今回、跋文は金井真紀さんにお願いした。

この人を「さん付け」で呼ぶのも慣れないことで（俳号は槇）「真紀、頼むよ」といって断られたことは一度もない。

とにかく行動力に驚かされる。わが墓地の恒例夏蜜柑狩りでは、率先、大樹のてっぺんまで登り半日足らずで七百個収穫。私の入院中も、コロナ禍の厳戒態勢きわまる面会禁止をかいくぐって、弟良祐くん（ＴＶディレクター、句友。俳号虎助）と二人、病室の中まで平気でスタコラ顔を出した。

この姉弟、いつのまにか高齢化したわが句会にあっては、おそらく多くの看取り見届けの役目を押しつけられるであろう可哀相な、気の毒な二人でもある。

先に姉、真紀が我々の句会に参加したのは比較的新しく（それでも十五年くらいは経つのか）確か斉田仁さん（句会二番目の長老＝現在八十七歳）が新宿ゴールデン街でナンパしてきたとかいう触れ込みで、やってきたのが最初ではなかったか。そんな頃の彼女が週一のアルバイトで代理ママをしていた酒場「學校」へは私も何度か足を運んだことがある。酒癖の悪い常連客と、思い切り強烈でけたたましい喧嘩をしていたっけ。

親しくなってから、あれよあれよというちに超売れっ子（岩波からマガジンハウスまで網羅）の著述家プラスイラストレイターになった。

そういえば、私の貧弱なエディトリアル・セオリーのひとつに、仕事を頼むに迷ったら一番忙しい奴に頼め、というのがあって、今回、忽然とそれを思い出したのである。この跋文も中東への取材の合間、多忙を極めるなかで乗換のために寄ったイスタンブールの空港から届いた。有り難いことである。

最後に、本書内容面からも体調面からも、ときに叱咤、ときに辛辣きわまる助言をしてくれた、我が得がたき、人生最後の伴侶、小林苑をに「有難よ」を捧げたい。

そして何より本書刊行に快諾をいただいた西田書店の日高徳迪さん、いつもながらまことに感謝感謝の次第です。

令和甲辰　霜降

東京根岸西念寺山内　無縫庵烏鷺坊にて

佐山哲郎

わなん【和南】

稽首、礼拝、供敬、敬礼の意。「わな」とも読む。Vandanaの音写。上長に対する問訊の意で礼法の一つである。『往生礼讃』に「願わくは諸の衆生三業清浄にして、仏教を奉持し、一切の聖賢を和南せん」とある。(新纂「浄土宗大辞典」)

著者略歴

佐山哲郎（さやま　てつろう）

１９４８年東京根岸生まれ。根岸小、私立芝中芝高卒。東京都立大学人文学部退籍後エディター・ライターとして多くの書籍、雑誌、マンガ原作など執筆、編集。２０１１年スタジオジブリ映画作品『コクリコ坂から』の１９８０年版オリジナル（講談社「なかよし」連載＝作画高橋千鶴）原作。『タランチュラのくちづけ』（講談社　作画高階良子）原作。『陽炎座』『俗物図鑑の本』『群雄の色単』（群雄社出版）『一億人の手塚治虫』（JICC宝島collection）、月刊「浄土」（法然上人鑽仰会）、不定期誌「the 法然」（浄土宗報恩明照会＝創刊号-10号）編集。著書に『唱歌のふるさと童謡のくに』『マンガ法然上人伝』（浄土宗出版）。『童謡・唱歌がなくなる日』（主婦の友新書）、別名小説多数等々。浄土宗西念寺住職。２０２１年アーユス（仏教国際協力ネットワーク）特別功労賞受賞。句誌『月天』同人代表、「塵風」「百句会」所属。句集に『じたん』『東京ぱれおろがす』『娑婆娑婆』（共に西田書店刊）。俳号は寓居より「烏鷺坊」。ネット上の号に時折「なむ」。

わなん　佐山哲郎句集【和南】
2024年12月25日　初版第1刷発行
著　者　佐山哲郎
発行者　柴田光陽
装　丁　臼井新太郎
発行所　株式会社西田書店
〒101-0051
東京都千代田区神田神保町2-10-31 IWビル4F
電話　03-3261-4509
FAX　03-3262-4643
https://nishida-shoten.co.jp
組版／株式会社エス・アイ・ピー
印刷／株式会社平文社
製本／有限会社井上製本所

ISBN978-4-88866-699-2 C0092